Analyse de l'œuvre

Par Nathalie Roland
et Johanna Biehler

Histoire d'une mouette et du chat qui lui apprit à voler

de Luis Sepúlveda

lePetitLittéraire.fr

Rendez-vous sur lepetitlitteraire.fr et découvrez :

Plus de 1200 analyses
Claires et synthétiques
Téléchargeables en 30 secondes
À imprimer chez soi

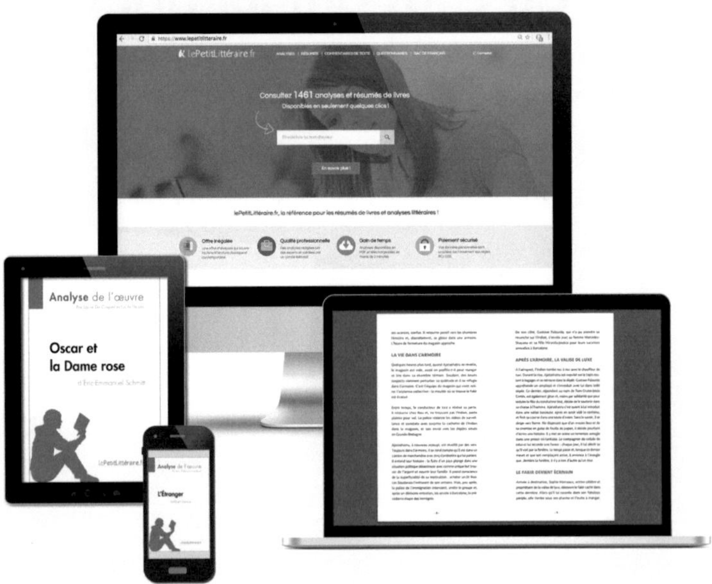

LUIS SEPÚLVEDA

ÉCRIVAIN CHILIEN

- **Né en 1949 à Ovalle (Chili)**
- **Quelques-unes de ses œuvres :**
  - *Le Vieux qui lisait des romans d'amour* (1993), roman
  - *Dernières nouvelles du Sud* (2012), roman
  - *Histoire d'un chien mapuche* (2016), roman

D'origine chilienne, Luis Sepúlveda est né en 1949 à Ovalle. Il s'engage très tôt contre le régime du général Pinochet (officier et homme d'État chilien, 1915-2006). Emprisonné puis exilé, il voyage ensuite à travers l'Amérique du Sud et lutte contre la dictature. En 1982, il s'installe à Hambourg où il travaille comme journaliste. Il se fait connaitre grâce à un premier roman, *Le Vieux qui lisait des romans d'amour*, qui évoque la vie des indiens Shuars avec lesquels il a vécu un an. Auteur à succès, il s'attaque à tous les genres, prenant pour sujet les évènements historiques du XXe siècle (*Un nom de torero*, 1994 ; *La Folie de Pinochet*, 2003 ; *L'Ombre de ce que nous avons été*, 2010) ou le quotidien (par exemple celui d'un tueur à gage plein de cynisme dans *Journal d'un tueur sentimental*, 1998).

HISTOIRE D'UNE MOUETTE ET DU CHAT QUI LUI APPRIT À VOLER

UN CONTE POUR LES PETITS ET LES GRANDS

- **Genre :** conte
- **Édition de référence :** *Histoire d'une mouette et du chat qui lui apprit à voler*, traduit de l'espagnol par Anne-Marie Métailié, Paris, Métailié-Seuil, 2004, 126 p.
- **1ʳᵉ édition :** 1996
- **Thématiques :** écologie, promesse, solidarité, courage, pollution, apprentissage, animaux

Paru originellement en 1996, ce conte, que Sepúlveda dédicace à ses enfants, s'adresse aussi bien aux petits qu'aux adultes. Il raconte l'histoire d'une mouette qui, atteinte par une marée noire, confie son œuf à un chat du port d'Hambourg pour qu'il protège et élève l'oisillon. Abordant des thèmes universels et actuels tels que l'entraide, l'écologie, le courage ou l'apprentissage de la vie, ce bref récit invite le lecteur à s'interroger sur les relations entre les hommes, les animaux et entre les deux espèces. Traduit dans de nombreuses langues, l'ouvrage a été maintes fois récompensé, notamment par le prix Sorcières en 1997.

RÉSUMÉ

LA MARÉE NOIRE

Un groupe de mouettes, en route pour la réunion des mouettes, fait escale non loin d'Hambourg pour se nourrir : les oiseaux se rendent à cette convention pour pondre leurs œufs et élever leurs oisillons. L'une de ces mouettes, Kengah, est songeuse et n'entend pas le cri d'alarme lancé par ses camarades pour la prévenir de l'arrivée d'une vague de pétrole. Elle tente de s'envoler mais est submergée. Elle cherche alors une solution et repense à l'histoire que racontait une vieille mouette au sujet d'un humain nommé Icare. Ainsi, lorsqu'elle parvient enfin à s'envoler, elle s'approche du soleil pour faire fondre le pétrole qui colle à ses ailes. Cette tentative étant vaine, elle se dirige vers l'intérieur des terres.

Non loin de là, le chat Zorbas est laissé seul pendant les vacances. Quelques années auparavant, alors qu'il n'était qu'un chaton, il avait été avalé par un pélican qui l'avait pris pour une grenouille et l'avait finalement recraché. Un jeune enfant l'avait alors recueilli et était devenu son maitre.

Tandis que Zorbas se prélasse au soleil sur le balcon, un oiseau couvert de pétrole vient s'écraser sur le sol devant lui. Il s'agit de Kengah qui est épuisée de son voyage. Le chat essaie de l'aider mais il est trop tard. La mouette utilise ses dernières forces pour pondre un œuf et demande à Zorbas de lui promettre trois choses : ne pas manger l'œuf, s'en occuper jusqu'à la naissance du poussin et lui apprendre à voler. Zorbas accepte et court chercher du secours. Il est pourtant déjà trop tard : la mouette meurt avant que Zorbas ne soit de retour.

Zorbas se rend ainsi au restaurant italien tout proche où Colonello, un chat sans âge, a l'habitude de conseiller les autres félins : il lui propose de s'adresser à Jesaitout. Ce dernier vit au port, au milieu du Bazar de son propriétaire Harry, un ancien marin reconverti dans la vente. Celui-ci a deux mascottes : un chimpanzé, Matias, qui tient la caisse, et un chat, Jesaitout. Alors que les trois chats (ils sont désormais accompagnés de Secrétario, le lieutenant de Colonello) arrivent dans le magasin, Matias leur réclame un droit d'entrée. Zorbas intimide le chimpanzé qui les laisse finalement passer. Il explique alors son problème à Jesaitout qui consulte une encyclopédie : il leur faut de la benzine pour nettoyer le pétrole.

Lorsque les trois chats reviennent à l'appartement, ils découvrent le corps sans vie de Kengah. Elle est enterrée et Colonello fait l'éloge funèbre de l'oiseau, « victime du malheur provoqué par les humains » (chapitre IX, première partie). Les quatre chats miaulent et sont bientôt accompagnés par d'autres animaux. Ensuite, Colonello rappelle à ses compagnons qu'« une promesse faite sur l'honneur par un chat du port engage tous les chats du port » (*ibid.*). Jesaitout conseille alors à Zorbas de garder l'œuf pondu par la mouette au chaud. Chaque nuit, Colonello, Secrétario et Jesaitout viennent lui rendre visite pour voir s'il y a du progrès.

Zorbas couve l'œuf avec précaution. Le soir du vingtième jour, il est réveillé par la coquille qui se brise. À peine sorti, l'oisillon le prend pour sa mère. Les chats font alors appel à Vent-debout, un chat de mer expérimenté, pour déterminer le sexe de l'oisillon. Il leur assure que c'est une fille et Colonello propose de la nommer Afortunada, en raison de la fortune qui l'a placée sous la protection des chats du port.

AFORTUNADA

Comme promis, Zorbas prend soin de l'oisillon et le défend contre les attaques d'autres chats voyous. Considérant que l'appartement de Zorbas n'est pas assez sûr, à cause des « imprévisibles » humains (chapitre IV, deuxième partie), ils décident de s'installer dans le Bazar. Là, l'oisillon se retrouve pourtant face à face avec un rat mais Zorbas négocie avec le chef des rats et obtient d'eux qu'ils ne s'attaquent pas à l'oiseau.

Afortunada grandit rapidement. Jesaitout cherche dans les encyclopédies comment lui apprendre à voler, mais la jeune mouette ne comprend pas et leur annonce qu'elle veut « être un chat » (chapitre VI, deuxième partie). Pourtant, après une discussion avec Matias, Afortunada réalise qu'elle est un oiseau (elle n'a pas le physique d'un chat et ne sait pas miauler) et prend peur. Elle se cache alors dans le Bazar, pensant que les chats cherchent à l'engraisser pour la livrer aux rats : Zorbas parvient à la rassurer.

Ensemble, les félins aident Afortunada à s'exercer au vol dans le Bazar. Bien qu'elle ait tenté de le cacher, les chats avaient bien compris qu'Afortunada en avait envie : voyant d'autres mouettes voler, elle avait en effet spontanément ouvert les ailes. Suivant les instructions de Jesaitout et encouragée par les autres chats, elle tente de décoller mais s'écrase.

Après 17 tentatives infructueuses, Afortunada se décourage de plus en plus. Zorbas, comprenant leur incapacité à réaliser sa promesse, propose d'aller chercher de l'aide auprès des humains. Cette suggestion surprend les autres chats : selon leur loi, ils ne peuvent pas parler aux humains. Ils réunissent donc le conseil des chats pour en discuter. Finalement, Zorbas est autorisé à briser le tabou en s'adressant à un humain que le conseil choisira. Ils établissent une liste mais écartent chaque personne citée en raison de leur manque d'expérience en vol. Ils finissent par se mettre d'accord : c'est un écrivain, le maitre de la belle chatte noire et blanche Bouboulina, qui est choisi. Ils le jugent en effet apte parce qu'il « vol [e] avec ses propres mots » (chapitre IX, deuxième partie).

Zorbas se rend donc chez Bouboulina lui demander une autorisation pour rencontrer son maitre mais celle-ci refuse. Entendant des bruits inhabituels, l'écrivain se lève et Zorbas en profite pour pénétrer dans l'appartement. Il explique alors son problème à l'homme, surpris de parler à un chat. Celui-ci accepte de l'aider, la nuit même, en citant des vers des *Mouettes* de Bernardo Atxaga (écrivain basque, né en 1951), poème qui décrit le vol de ces oiseaux.

Le poète emmène Zorbas et l'oisillon à la tour de l'église Saint-Michel : Afortunada est apeurée mais Zorbas parvient à la calmer. Aux vers du poète, la mouette s'élance puis chute : Zorbas et l'homme se précipitent alors au bord de la fenêtre mais Afortunada plane. Zorbas conclut « que seul vole celui qui ose le faire » (dernier chapitre).

ÉTUDE DES PERSONNAGES

ZORBAS

Zorbas est un chat « grand, noir et gros » (chapitre II, première partie) qui aime beaucoup l'enfant qui s'occupe de lui. Lorsqu'il était encore chaton, « agile et malin » (*ibid.*), Zorbas, curieux, avait voulu gouter du poisson. Il s'était alors éloigné du panier où sa mère le gardait avec ses sept frères, mais s'était fait avaler et recracher par un pélican qui l'avait pris pour une grenouille.

Altruiste, il vient en aide à la mouette, qui le dit « bon et [...] avec de nobles sentiments » (chapitre IV, première partie). Il se montre particulièrement doux avec l'œuf : c'est un vrai chat « mère poule » (chapitre I, deuxième partie). Fier (il n'aime pas être traité de « chat idiot », *ibid.*), c'est un chat d'honneur : il est prêt à briser un tabou pour tenir sa promesse. Il connait en outre beaucoup de langues humaines et a le sens de la finesse.

AFORTUNADA

Afortunada est un oiseau qui a un plumage blanc et argenté, comme sa mère, Kengah. Elle considère pourtant Zorbas comme sa vraie mère. Malgré sa « démarche maladroite d'oiseau de mer » (chapitre VI, deuxième partie), elle se voit comme un chat et refuse, par crainte, d'apprendre à voler. Les chats lui laissent la possibilité de décider quand elle veut voler car c'est un choix personnel. Confrontée à plusieurs échecs, elle se décourage. Elle y parvient finalement grâce aux chats et au poète, auxquels elle témoigne sa reconnaissance.

KENGAH

Kengah est une mouette au plumage argenté intéressée par les humains : elle aime regarder les pavillons des bateaux. Audacieuse, elle lutte contre une mort certaine, engluée dans le pétrole. Elle accorde de l'importance aux réunions organisées entre les mouettes et à la mémoire collective de son espèce.

JESAITOUT

Jesaitout vit dans le Bazar du port. Ce chat a de grandes connaissances et aime les encyclopédies : « Chaque fois que je regarde dans ses pages, j'apprends quelque chose de nouveau » (chapitre VII, première partie). « Pédant et didactique » (chapitre VIII, première partie), il est persuadé que « tout le savoir est dans les livres » (chapitre IV, deuxième partie) et accepte mal les critiques de Zorbas sur les limites de l'encyclopédie. Il a tendance à tout exagérer : il utilise abondamment l'adjectif « terrible » et se sent « aussi important qu'un ingénieur de la NASA » (chapitre VII, deuxième partie) lorsqu'il aide Afortunada à voler.

COLONELLO

Colonello est considéré comme un chat sans âge. Il est capable de résoudre les problèmes des autres chats qui voient en lui un sage, « une autorité chez les chats du port » (chapitre V, première partie). Très attentif à ce qu'il se passe au restaurant italien *Cuneo*, il parle l'italien et se montre accueillant. Incapable de retenir les mots compliqués, son assistant Secrétario parle toujours avant lui, ce qui l'énerve passablement. Il est aussi le gardien des traditions et des règles.

SECRÉTARIO

Secrétario est un chat de gouttière, maigre et sans moustache. Il est le maitre d'hôtel du restaurant. Rapide, il parle toujours avant Colonello. Il supporte de moins en moins de n'être que le second de Colonello, mais ce dernier parvient toujours à l'adoucir avec de la nourriture.

VENT-DEBOUT

Vent-debout est un chat « couleur de miel aux yeux bleus ». Il est décrit comme « un authentique chat de mer » (chapitre V, deuxième partie). Mascotte du *Hannes II*, un bateau qui drague l'Elbe, il est très apprécié des marins. Ayant longtemps voyagé, il est reconnu et respecté pour son expérience dans tout ce qui a trait au domaine maritime.

MATIAS

Matias est le chimpanzé qui tient la caisse du Bazar de Harry. Menteur et fourbe, il tente de voler les clients. Il est devenu alcoolique à cause d'Harry qui entretient son gout pour la bière. Il se montre particulièrement borné sur le règlement.

BOUBOULINA

Bouboulina est une belle chatte blanche et noire qui se prélasse parmi les fleurs sur le balcon. Tous les chats tentent de la séduire, mais elle s'intéresse uniquement à son maitre, envers lequel elle est très protectrice.

LE POÈTE

Le poète est le maitre de Bouboulina. Il s'agit d'un homme en qui Zorbas a une grande confiance. Son expérience, sa culture et son ouverture d'esprit (il s'adresse à un chat qui parle) font de lui une aide précieuse pour Zorbas et Afortunada.

L'ENFANT

Il a recueilli Zorbas après sa mésaventure avec le pélican. Il est très attaché à ce chat pour lequel il dépense ses économies et avec lequel il discute. Pour Zorbas, c'est le « meilleur » (chapitre II, première partie).

CLÉS DE LECTURE

LE CONTE

Historique du genre

L'origine des contes remonte aux mythes, aux légendes et aux récits merveilleux de l'Antiquité et du Moyen Âge (tels que l'*Iliade*, vers le VIIIe siècle av. J.-C., *Perceval ou le Conte du Graal*, avant 1190, *La Chanson des Nibelungen*, vers 1200, ou encore les sagas scandinaves). Bien avant d'être écrit, ce genre se pratiquait surtout oralement et se transmettait de génération en génération. Initialement, ces histoires n'étaient pas destinées aux enfants mais aux adultes. Même si les prémices du conte étaient déjà présentes en Italie à la Renaissance (comme dans les épisodes merveilleux du *Décameron*, 1349-1353, de Boccace, écrivain florentin, 1313-1375), c'est Charles Perrault (homme de lettres français, 1628-1703) qui est considéré comme le père fondateur de ce genre. Il est resté célèbre notamment pour les *Contes de ma mère l'Oye* (1697) qui reprennent des contes aujourd'hui classiques tels que *Peau d'âne, La Belle au bois dormant, Le Petit Chaperon rouge, Barbe bleue, Le Maître Chat ou Le Chat botté, Cendrillon*, etc. Peu à peu, les contes commencent à s'adresser également aux enfants.

Au XVIIIe siècle, d'autres auteurs, comme les frères Grimm (linguistes, philologues et collecteurs de conte allemands du XIXe siècle), continuent à exploiter ce genre. À cette même époque, Antoine Galland (orientaliste et écrivain français, 1646-1715) traduit *Les Contes des Mille et Une Nuits*, une tradition arabe qui remonte à plusieurs siècles. Au cours des XIXe et XXe siècles, le genre se renouvèle avec Alexandre Pouchkine (poète, romancier et dramaturge russe, 1799-1837), la comtesse de Ségur (femme de lettres française, 1799-1874) ou encore Hans Christian Andersen (romancier, conteur et poète danois, 1805-1875). Ce dernier place le merveilleux non plus dans un univers irréel mais l'ancre dans le réel, allant même jusqu'à donner aux contes une fin tragique à l'instar de *La Petite Fille aux allumettes* (1845). Les ouvrages s'adressent ensuite davantage aux jeunes enfants : le fond et la forme des contes sont simplifiés et l'illustration y devient de plus en plus présente. Dans les années soixante, Pierre Gripari (écrivain français, 1925-1990) continue dans la même lignée avec *Les Contes de la rue Broca* (1967).

De nombreux spécialistes s'accordent néanmoins pour dire que les auteurs de contes évoquent, derrière ces histoires simples, des concepts plus compliqués. Bruno Bettelheim (psychanalyste américain, 1903-1990) a analysé le contenu psychologique des contes : *Le Petit Chaperon rouge* symbolise la jeune fille qui approche de la puberté et qu'il faut mettre en garde contre le danger de parler à des inconnus ; le conte *Les Trois Petits Cochons* (XVIIIe siècle) a pour message qu'il faut, pour grandir, ne plus agir uniquement en vue de satisfaire ses propres plaisirs mais qu'il faut se confronter à la réalité, etc. Le conte est donc une manière de faire passer un message à l'enfant.

Les caractéristiques du conte

L'*Histoire d'une mouette et du chat qui lui apprit à voler* reprend les caractéristiques habituelles du conte :

- **le texte est bref** ;
- **l'histoire est intemporelle** : il n'y a aucune référence à une date précise et il est difficile de situer chronologiquement les faits ;
- **il y a une intervention du merveilleux** : les chats parlent, pensent et vivent comme les humains. Ils ont ainsi leurs propres lois et rituels ;
- **les personnages sont stéréotypés et chacun a un rôle bien défini** : Afortunada est l'héroïne, Zorbas lui vient en aide (adjuvant), Matias lui crée des problèmes (opposant), etc. ;
- **le récit se ferme sur une fin optimiste dotée d'une morale** : Afortunada sait voler et pourra rejoindre les siens. De plus, avec la phrase de Zorbas « que seul vole celui qui ose le faire », ce roman peut également être rapproché de la parabole, un récit allégorique dont le but est de délivrer une morale ou un message religieux. Ici, l'auteur représente des chats semblables aux humains pour leur transmettre des valeurs telles que la solidarité et le respect de la nature.

LES PROCÉDÉS LITTÉRAIRES

Focalisation

L'auteur a choisi un point de vue externe : le narrateur n'est pas identifié et ne participe pas au récit. Il observe les évènements sans y participer et livre au lecteur ce qu'il voit ou entend. Au début du conte, le lecteur suit en parallèle l'histoire de Kengah et celle de Zorbas avant qu'elles ne se rejoignent.

Intertextualité

Cette œuvre renferme une citation, c'est-à-dire la reproduction d'un passage issu d'une œuvre antérieure. Il s'agit des vers du poème *Les Mouettes* de Bernardo Atxaga, pseudonyme de l'écrivain basque Joseba Irazu Garmendia. Dans ce poème, l'auteur évoque la vie contemplative des oiseaux. Reconnu mondialement depuis la parution du recueil de nouvelles *Les Gens d'Obaba* (1988), Atxaga possède de nombreux points communs avec Sepúlveda : tous deux ont écrit pour la littérature de jeunesse, mais se sont également intéressés à d'autres genres (roman, nouvelle, poésie, etc.), et mettent en scène des gens simples qu'ils confrontent avec la nature et le contexte de notre époque.

Figures de style

Sepúlveda recourt souvent à l'accumulation, figure de style qui consiste à énumérer une suite d'éléments d'une même catégorie (nature ou fonction) dans le but de créer un effet de profusion. La description du Bazar d'Harry cherche ainsi à donner l'impression du désordre qui règne dans ce lieu. Les nombres renforcent encore cette impression d'entassement. Cette accumulation crée une sensation de désordre tant physique (c'est un bazar) que psychologique (les animaux sont désemparés face à l'absence de logique humaine).

L'énumération peut également apporter un certain humour au récit, qui contribue à lui donner une touche plus vivante et une vision plus abracadabrante du contenu du Bazar :

> « [...] 12 télégraphes de commandement écrasés par des ca-

pitaines irascibles ; 256 boussoles qui n'avaient jamais perdu le nord ; [...] 1 ours polaire naturalisé dans le ventre duquel se trouvait la main, naturalisée aussi, d'un explorateur norvégien ; [...] 123 projecteurs de diapositives montrant des paysages où l'on pouvait toujours être heureux. » (p. 38-39)

LES PROCÉDÉS COMIQUES

Si l'histoire aborde, à l'aide d'épisodes tristes, des thèmes importants, l'humour est également présent à de nombreuses reprises grâce à différents procédés :

- **un comique de situation :** le lecteur y est confronté très tôt, grâce au titre. *Histoire d'une mouette et du chat qui lui apprit à voler* est une circonstance absurde, sans logique apparente (et doit donner au lecteur envie d'en apprendre plus). De même, quand Jesaitout s'improvise instructeur de vol et vérifie « la stabilité des points d'appui (a) et (b) » ainsi que « l'extension des points (c) et (d) » (chapitre VII, deuxième partie), la situation est improbable, un oiseau n'apprenant pas à voler de façon aussi scientifique ;
- **un comique de mot :** Zorbas est un chat « grand noir et gros » que le poussin appelle à plusieurs reprises « maman », un surnom inattendu. De même, Sepúlveda a recours à l'aptonymie c'est-à-dire qu'il a donné des noms à ses personnages en lien avec leur caractère, leur physique ou leur fonction. Zorbas signifie « tyran, despote, brute » en turc, ce qui indique un caractère fort : il n'hésite pas à montrer sa griffe « longue comme une allumette » (chapitre V, première partie). Ce nom peut aussi nous renseigner sur sa race. Ainsi Zorbas serait-il un angora turc, un chat à poils longs, parfait pour tenir

un œuf au chaud. Secrétario et Colonello, qui vivent dans un restaurant italien, portant des noms à consonances italiennes qui, de plus, nous renseignent sur leur relation (l'un serait un officier accompagné de son lieutenant).

Ces deux procédés permettent à Sepúlveda de faciliter d'une part la lecture pour les plus jeunes et, d'autre part, de rendre les moments tristes (la mort de Kengah, le découragement d'Afortunada) plus faciles à supporter.

DES THÈMES HUMANISTES

La solidarité, l'entraide et la tolérance

Il s'agit d'un des principaux messages de l'auteur, présent dans l'histoire à travers la mise en avant de la communauté des animaux, qui transcende les lois de la nature, et les relations chasseurs/ chassés : un chat vient en aide à un oiseau alors qu'il aurait pu le manger. Cette communauté est fondée sur le partage de sentiments forts tels que la mort : lors du décès de Kengah, ce sont tous les animaux qui pleurent la perte d'un des leurs. Ceux-ci cherchent à montrer aux humains qu'il faut dépasser les différences et se montrer solidaires :

> « Nous avons appris à apprécier, à respecter et à aimer un être différent. Il est très facile d'accepter et d'aimer ceux qui nous ressemblent, mais quelqu'un de différent, c'est très difficile et tu nous as aidés à y arriver. » (chapitre VI, deuxième partie)

L'écologie

Sepúlveda est un homme très engagé, tant au niveau politique qu'écologique. Il a été membre de l'organisation internationale Greenpeace. Depuis 1971, celle-ci se bat pour la protection de l'environnement en agissant de manière collective et indépendante. L'auteur fait directement référence à ce groupe en évoquant l'intervention de petits bateaux aux couleurs de l'arc-en-ciel (symbole de cette organisation) pour empêcher les grands pétroliers de nettoyer leur cuve et de rejeter illicitement du fioul en haute mer. Ces actes, qualifiés à tort de « dégazages », sont appelés dans le récit « peste noire » et « malédiction des mers » (chapitre IV, première partie). Le décès de Kengah est directement attribué aux hommes. Vent-debout laisse éclater de manière encore plus claire le message écologique : « Je me demande si les humains ne sont pas devenus fous, ils essayent de faire de l'océan une énorme poubelle. » (chapitre V, deuxième partie) Ainsi, Sepúlveda lance un message d'alerte pour réveiller les consciences, à l'image d'autres écrivains comme Romain Gary (diplomate et romancier français, 1914-1980) avec *Les Racines du ciel* (1956).

La dénonciation du comportement des hommes

Bien que les animaux soient les véritables héros de ce conte, les humains n'en sont pas totalement absents. Outre le thème écologique, l'auteur met en avant l'incompréhension des humains :

- **qu'elle soit entre eux :** « Comme c'est difficile pour les hommes. Nous, les mouettes, nous crions de la même manière dans le monde entier », (chapitre I, première partie) ;

- **ou envers le comportement des animaux :** les cris lors de l'enterrement de la mouette (les humains se demandant ce qui peut bien déclencher ces hurlements) ou l'ami de la famille qui ne comprend plus le comportement de Zorbas.

Selon les animaux, les hommes sont « imprévisibles » (chapitre IV, deuxième partie). Ils causent du mal tantôt de manière involontaire (ils ont des bonnes intentions à la base comme lorsqu'Harry donne de la bière à son chimpanzé qui en raffole, le rendant par là même alcoolique), tantôt de manière volontaire (comme dans le cas de la mouette, les chats considérant la pollution humaine comme un acte conscient). Colonello, quant à lui, rappelle les nombreuses humiliations que les humains font subir aux animaux qui font pourtant preuve d'intelligence, comme les dauphins, les lions ou les perroquets.

Tous les humains ne sont toutefois pas à maudire, Kengah en est la preuve : elle ne les condamne pas tous unilatéralement. Parmi les hommes, certains respectent les animaux (l'enfant) et d'autres sont prêts à leur venir en aide. Le rôle des humains est donc idéalement de vivre en bonne intelligence avec les animaux et le monde qui les entoure.

DE L'UTILITÉ DES ANIMAUX EN TANT QUE PERSONNAGES

Les animaux parlants sont devenus une caractéristique des

œuvres considérées pour la jeunesse, que cela soit dans les albums ou les films. Ce recours presque systématique à la prosopopée (« Figure de rhétorique par laquelle l'auteur prête la parole à un absent ou à un être inanimé », *Larousse*) peut s'expliquer par le fort potentiel des personnages animaux, utilisé depuis les fables d'Ésope (écrivain grec qui aurait vécu entre le VIIe et le VIe siècle av. J.-C.). Jean de La Fontaine (auteur français, 1621-1695) a repris ce principe à son tour et a véritablement instauré une nouvelle façon de représenter le monde pour les jeunes lecteurs. Ainsi, « dans son recueil de *Fables* offert à Monseigneur le Dauphin fils de Louis XIV, Jean de la Fontaine a fait de l'uti-lisation du personnel animal l'un des principaux marqueurs des fictions de jeunesse [...] L'anthropomorphisme animalier est une manière d'édulcorer la représentation du monde » (CHELEBOURG C., *Les Fictions de jeunesse*, p. 180)

En ayant recours à des personnages d'animaux parlants, Sepúlveda permet de faire passer un message de tolérance tout en atténuant les moments les plus difficiles de son his-toire, comme la mort de Kengah. De plus, ces personnages sont, paradoxalement, perçus comme très « humains » et permettent alors de faire passer un message plus aisément auprès des lecteurs grâce aux émotions qu'ils inspirent :

> « La compassion qu'inspirent dès lors leurs déboires en fait des supports privilégiés d'une réflexion sur l'humanité [...] C'est une humanité en actes que les animaux opposent ainsi à la cruauté humaine. » (CHELEBOURG C., p. 185)

Les enfants étant naturellement attirés par les animaux (Zorbas est sauvé par un petit garçon), une histoire mettant en scène ce type de personnages est plus à même de capter leur attention. De plus, le livre étant illustré, il peut aussi toucher les plus jeunes qui ne maitrisent pas encore la lecture mais seront sensibles au message de cette « jolie fable écologique nimbée de poésie, vectrice d'un message de tolérance et de solidarité » (Ottevaere-Van Prag G., *Histoire du récit pour la jeunesse au XXe siècle*, p. 333).

UNE ŒUVRE SANS FRONTIÈRE

Histoire d'une mouette et du chat qui lui apprit à voler est l'œuvre d'un auteur chilien en exil en Allemagne, un homme qui a beaucoup voyagé et s'est confronté à différentes langues et cultures. Sepúlveda est un homme qui se considère du Sud, d'« un territoire sans frontières absurdes » (« Sud, le mot qui m'obsède », in *Une vie de passions formidables*, 2014, p. 29). Son roman est dédié à ses enfants qu'il décrit dans « Les Grillades, c'est l'affaire du vieux » comme des représentants « du meilleur cosmopolitisme, de la meilleure manière d'être » (p. 8) car ils vivent dans des pays différents, parlent plusieurs langues, savent apprécier des saveurs issus de cuisines diverses.

Cette volonté d'abolir les frontières est sensible dans l'histoire d'Afortunada et Zorbas à travers plusieurs éléments :

- **les nombreuses évocations de voyage :** le premier chapitre commence avec la description des rivages de l'Elbe et se poursuit avec le récit des régions survolées par les mouettes lors de leur migration (chapitre I, première partie). Le chapitre VI nous présente Jesaitout et son propriétaire Harry qui a vogué sur les sept mers. Les noms de pays lointains font immédiatement voyager le lecteur, comme le Liberia où veut se rendre le propriétaire de Zorbas en voilier (chapitre II, première partie) ou Madagascar que Colonello n'arrive pas à prononcer (chapitre VII, première partie) ;

- **les langues :** les mouettes, quel que soit leur pays d'origine, parlent la même langue. Zorbas peut communiquer avec le pélican (qui a tenté de le manger) ou avec le roi des rats, pour négocier un arrangement. Il a démontré au poète qu'il savait « miauler dans beaucoup de langues » (chapitre V, deuxième partie) ;
- **la cuisine :** Secrétario et Colonello vivent dans un restaurant italien qui propose des lasagnes (il faut peut-être voir une référence au héros de Jim Davis, auteur de bandes dessinées américain né en 1945, Garfield, le chat roux qui raffole des lasagnes), des fruits de mer et du poisson qui vont permettre à Afortunada de grandir ;
- **les différents animaux :** en plus des espèces locales du port (chats, rats, chiens, mouettes), l'histoire implique un chimpanzé, soit un signe africain. Pourtant, la communauté animale est solidaire au-delà de la notion d'espèce. En effet, quand les chats rendent hommage à Kengah, tous les animaux de la ville se joignent à eux (chapitre IX, première partie) ;
- **la littérature :** la lecture est présentée comme un acte amusant (le poète éclate parfois de rire devant ses textes) mais aussi comme une façon de s'instruire. Jesaitout, grâce à sa lecture assidue de l'encyclopédie, sait beaucoup de choses sur des sujets très différents et il ne se lasse jamais d'apprendre, que cela soit sur des

sujets qui le touchent personnellement (les mouettes) ou des pays lointains.

Tous ces éléments réunis permettent de créer une œuvre universelle car elle fait référence à de nombreuses cultures : si Sepúlveda a choisi le port de Hambourg comme cadre à son histoire, l'action aurait pu se dérouler dans n'importe quel autre port. De plus, un port est précisément un lieu d'échanges. Les personnages-animaux participent aussi à cette volonté d'universalité car il s'agit de « figures symboliques et universelles de la littérature, qui n'appartiennent pas à un pays en particulier, ni à une religion, ni à une classe sociale » (Ottevaere-Van Prag G., p. 160). Cette absence d'identité culturelle chez l'animal permet de projeter, sur ce type de personnages, de nouvelles modalités d'existence. « Le métissage culturel bouscule les identités traditionnelles... » (Chelebourg C., p. 201) et donne donc à l'histoire une portée plus universelle. Avec cette fable humaniste, Luis Sepúlveda fait ainsi passer auprès de son lectorat un message de tolérance, de bienveillance et de respect tout en restant ludique grâce à ses personnages d'animaux si humains.

PISTES DE RÉFLEXION

QUELQUES QUESTIONS POUR APPROFONDIR SA RÉFLEXION...

- À votre avis, dans quelle mesure cet ouvrage s'adresse-t-il tant aux enfants qu'aux adultes ? Quels niveaux de lecture pouvez-vous dégager ?
- Quel sens faut-il donner à la conclusion de Zorbas : « Seul vole celui qui ose le faire » (chapitre XI, deuxième partie) ?
- Ce conte peut-il être qualifié de récit engagé ? Justifiez.
- Quelle image l'auteur donne-t-il du poète ? Que signifie la remarque de Zorbas : « Il volait avec ses propres mots » (chapitre IX, deuxième partie) ?
- Le conte invite le lecteur à s'interroger sur la part d'humanité chez les animaux et chez l'homme. Développez.
- Jesaitout est persuadé que « tout le savoir est dans les livres » (chapitre IV, deuxième partie). Quelles sont les limites de cette affirmation ?
- Afortunada refuse d'apprendre à voler, ce qui est contre nature. Pensez-vous que l'identité peut se constituer en dehors de ce qui est naturel et inné ?
- Le conte de Sepúlveda met en scène une mouette. Établissez une liste d'autres contes ou romans qui prennent pour personnage un oiseau. Qu'implique ce choix de poser au centre de la narration un volatile ? Dans quelle mesure se rapprochent-ils ou se différencient-ils du roman de Sepúlveda ?
- En quoi les noms des différents protagonistes peuvent-ils nous éclairer sur l'analyse des personnages ? Développez.
- Comment expliquez-vous le fait que les animaux portent

un nom et que les humains ne soient désignés que par leur fonction (le poète) ou leur âge (l'enfant) ? Selon vous, pourquoi Harry, le propriétaire du Bazar, est-il une exception ?

Votre avis nous intéresse !
Laissez un commentaire sur le site de votre librairie en ligne
et partagez vos coups de cœur sur les réseaux sociaux !

POUR ALLER PLUS LOIN

ÉDITION DE RÉFÉRENCE

- SEPÚLVEDA L., *Histoire d'une mouette et du chat qui lui apprit à voler*, traduit de l'espagnol par Anne-Marie Métailié, Paris, Métailié-Seuil, 2004.

ÉTUDES DE RÉFÉRENCE

- CHELEBOURG C., *Les Fictions de jeunesse*, Paris, Puf, coll. « Les Littéraires », 2013.
- CYMERMAN C. et Fell C. (dir.), *Histoire de la littérature hispano-américaine de 1940 à nos jours*, Paris, Nathan, 1997, p. 210.
- « Il était une fois les contes de fées », in *BnF*, consulté le 06 janvier 2017, http://expositions.bnf.fr/contes/
- JOUVE V., *Poétique des valeurs*, Paris, Puf, coll. « Écritures », 2001.
- OTTEVAERE-VAN PRAG G., *Histoire du récit pour la jeunesse au XXe siècle*, Bruxelles, Lang, 1999.
- SEPÚLVEDA L., *Une vie de passions formidables*, Paris, Métailié, coll. « Points », 2014.
- SEVESTRE C., *Le Roman des contes*, Étampes, Cédis Éditions, 2001, p. 329-332.

ADAPTATION CINÉMATOGRAPHIQUE

- *La Mouette et le Chat*, film d'Enzo D'Alò, 2012.
Ce film d'animation est librement inspiré de l'œuvre de Sepúlveda et s'adresse à un public d'enfants à partir de

3 ans. Plusieurs ajouts, comme des scènes chantées, l'apparition de nouveaux personnages (la fille du poète, un chaton nommé Yoyo, etc.), l'intervention plus grande des humains et des rats ou le changement du nom de la mouette (Félicité) font de ce dessin animé une adaptation davantage destinée à un jeune public. Le film a reçu deux récompenses dont le prix du public au festival international du film pour enfants de Montréal (2000).

SUR LEPETITLITTÉRAIRE.FR

- Fiche de lecture sur *Le Vieux qui lisait des romans d'amour* de Luis Sepúlveda.
- Questionnaire de lecture sur *Le Vieux qui lisait des romans d'amour.*
- Commentaire de lecture sur le chapitre II du *Vieux qui lisait des romans d'amour.*

Retrouvez notre offre complète sur lePetitLittéraire.fr

- des fiches de lectures
- des commentaires littéraires
- des questionnaires de lecture
- des résumés

ANOUILH
- Antigone

AUSTEN
- Orgueil et Préjugés

BALZAC
- Eugénie Grandet
- Le Père Goriot
- Illusions perdues

BARJAVEL
- La Nuit des temps

BEAUMARCHAIS
- Le Mariage de Figaro

BECKETT
- En attendant Godot

BRETON
- Nadja

CAMUS
- La Peste
- Les Justes
- L'Étranger

CARRÈRE
- Limonov

CÉLINE
- Voyage au bout de la nuit

CERVANTÈS
- Don Quichotte de la Manche

CHATEAUBRIAND
- Mémoires d'outre-tombe

CHODERLOS DE LACLOS
- Les Liaisons dangereuses

CHRÉTIEN DE TROYES
- Yvain ou le Chevalier au lion

CHRISTIE
- Dix Petits Nègres

CLAUDEL
- La Petite Fille de Monsieur Linh
- Le Rapport de Brodeck

COELHO
- L'Alchimiste

CONAN DOYLE
- Le Chien des Baskerville

DAI SIJIE
- Balzac et la Petite Tailleuse chinoise

DE GAULLE
- Mémoires de guerre III. Le Salut. 1944-1946

DE VIGAN
- No et moi

DICKER
- La Vérité sur l'affaire Harry Quebert

DIDEROT
- Supplément au Voyage de Bougainville

DUMAS
• Les Trois
  Mousquetaires

ÉNARD
• Parlez-leur
  de batailles,
  de rois et
  d'éléphants

FERRARI
• Le Sermon sur la
  chute de Rome

FLAUBERT
• Madame Bovary

FRANK
• Journal
  d'Anne Frank

FRED VARGAS
• Pars vite et
  reviens tard

GARY
• La Vie devant soi

GAUDÉ
• La Mort du
  roi Tsongor
• Le Soleil des
  Scorta

GAUTIER
• La Morte
  amoureuse
• Le Capitaine
  Fracasse

GAVALDA
• 35 kilos d'espoir

GIDE
• Les
  Faux-Monnayeurs

GIONO
• Le Grand
  Troupeau
• Le Hussard
  sur le toit

GIRAUDOUX
• La guerre de
  Troie
  n'aura pas lieu

GOLDING
• Sa Majesté des
  Mouches

GRIMBERT
• Un secret

HEMINGWAY
• Le Vieil Homme
  et la Mer

HESSEL
• Indignez-vous !

HOMÈRE
• L'Odyssée

HUGO
• Le Dernier Jour
  d'un condamné
• Les Misérables
• Notre-Dame
  de Paris

HUXLEY
• Le Meilleur
  des mondes

IONESCO
• Rhinocéros
• La Cantatrice
  chauve

JARY
• Ubu roi

JENNI
• L'Art français
  de la guerre

JOFFO
• Un sac de billes

KAFKA
• La Métamorphose

KEROUAC
• Sur la route

KESSEL
• Le Lion

LARSSON
• Millenium 1. Les
  hommes qui
  n'aimaient pas
  les femmes

LE CLÉZIO
• Mondo

LEVI
• Si c'est un
  homme

LEVY
• Et si c'était vrai…

MAALOUF
• Léon l'Africain

MALRAUX
- La Condition humaine

MARIVAUX
- La Double Inconstance
- Le Jeu de l'amour et du hasard

MARTINEZ
- Du domaine des murmures

MAUPASSANT
- Boule de suif
- Le Horla
- Une vie

MAURIAC
- Le Nœud de vipères

MAURIAC
- Le Sagouin

MÉRIMÉE
- Tamango
- Colomba

MERLE
- La mort est mon métier

MOLIÈRE
- Le Misanthrope
- L'Avare
- Le Bourgeois gentilhomme

MONTAIGNE
- Essais

MORPURGO
- Le Roi Arthur

MUSSET
- Lorenzaccio

MUSSO
- Que serais-je sans toi ?

NOTHOMB
- Stupeur et Tremblements

ORWELL
- La Ferme des animaux
- 1984

PAGNOL
- La Gloire de mon père

PANCOL
- Les Yeux jaunes des crocodiles

PASCAL
- Pensées

PENNAC
- Au bonheur des ogres

POE
- La Chute de la maison Usher

PROUST
- Du côté de chez Swann

QUENEAU
- Zazie dans le métro

QUIGNARD
- Tous les matins du monde

RABELAIS
- Gargantua

RACINE
- Andromaque
- Britannicus
- Phèdre

ROUSSEAU
- Confessions

ROSTAND
- Cyrano de Bergerac

ROWLING
- Harry Potter à l'école des sor-ciers

SAINT-EXUPÉRY
- Le Petit Prince
- Vol de nuit

SARTRE
- Huis clos
- La Nausée
- Les Mouches

SCHLINK
- Le Liseur

SCHMITT
- La Part de l'autre
- Oscar et la
  Dame rose

SEPULVEDA
- Le Vieux qui
  lisait des romans
  d'amour

SHAKESPEARE
- Roméo et Juliette

SIMENON
- Le Chien jaune

STEEMAN
- L'Assassin
  habite au 21

STEINBECK
- Des souris et
  des hommes

STENDHAL
- Le Rouge et
  le Noir

STEVENSON
- L'Île au trésor

SÜSKIND
- Le Parfum

TOLSTOÏ
- Anna Karénine

TOURNIER
- Vendredi ou
  la Vie sauvage

TOUSSAINT
- Fuir

UHLMAN
- L'Ami retrouvé

VERNE
- Le Tour
  du monde
  en 80 jours
- Vingt mille
  lieues sous
  les mers
- Voyage au
  centre de
  la terre

VIAN
- L'Écume des jours

VOLTAIRE
- Candide

WELLS
- La Guerre des
  mondes

YOURCENAR
- Mémoires
  d'Hadrien

ZOLA
- Au bonheur
  des dames
- L'Assommoir
- Germinal

ZWEIG
- Le Joueur
  d'échecs

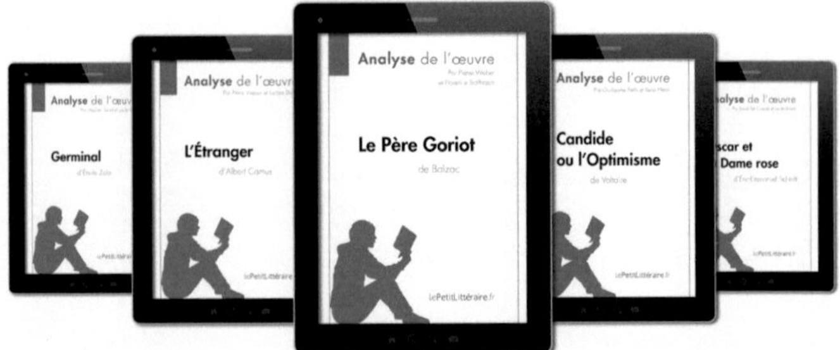

www.lepetitlitteraire.fr

ISBN version numérique : 978-2-8062-5155-8
ISBN version papier : 978-2-8062-5199-2
Dépôt légal : D/2013/12603/64

Avec la collaboration de Johanna Biehler pour les chapitres « Les procédés comiques », « De l'utilité des animaux en tant que personnages » et « Une œuvre sans frontière ».

Conception numérique : Primento,
le partenaire numérique des éditeurs.

Ce titre a été réalisé avec le soutien de la Fédération Wallonie-Bruxelles, Service général des Lettres et du Livre.